ALFRED FAGANDET

SOUVENIRS DE MES VINGT ANS

ESSAIS POÉTIQUES

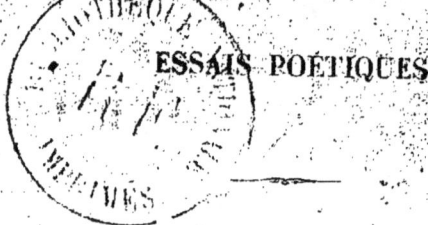

L'EXPIATION

CHRONIQUE FRANC-COMTOISE

DU XVe SIÈCLE

Prix au concours de poésie de l'Académie de Besançon, le 24 août 1864

DOLE

IMPRIMERIE DUPRÉ-PRUDONT

—

1866

SOUVENIRS DE MES VINGT ANS

L'EXPIATION

ALFRED FAGANDET

SOUVENIRS DE MES VINGT ANS

ESSAIS POÉTIQUES

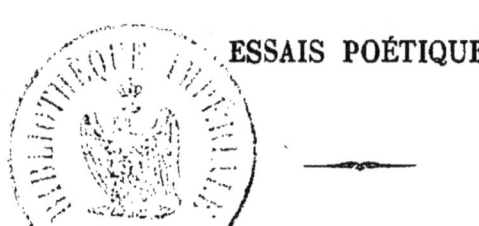

L'EXPIATION

CHRONIQUE FRANC-COMTOISE

DU XVᵉ SIÈCLE

Prix au concours de poésie de l'Académie de Besançon, le 24 août 1864

DOLE

IMPRIMERIE DUPRÉ-PRUDONT

1866

Muse de ma jeunesse, ô blonde évaporée,
Heureuse jusqu'alors de ton humble destin,
Tu vivais pour moi seul, solitaire, ignorée,
Préférant l'humble toît aux splendeurs de Catin.

Le soleil luit pour tous, dis-tu ; jadis Vesprée
Suffisait aux accords de ton luth argentin,
Enfiu, je ne vois plus ma céleste adorée
Au sein de ces atours bruissant de satin.

Tu veux courir le monde ; auparavant écoute :
Enfant, tu vas trouver au début de ta route
Les pierres des passants, les ronces des sentiers.

Vas, Phalène, attiré par l'éclat des lumières,
Et quand tu reviendras à tes amours premières
Tu sauras à quel prix s'achètent les lauriers.

L'EXPIATION

Chronique franc-comtoise du XVᵉ siècle

On venait au salon de servir à l'instant
L'odorante liqueur que Voltaire aimant tant.
La neige, fleur d'hiver, à la pâle étamine,
Tombait, vêtant le sol d'une robe d'hermine ;
Hôtes, voisins, amis d'un antique castel,
Nous regardions flamber la bûche de Noël ;
Au dehors gémissait du nord la froide haleine.
— « Vous êtes mes captifs, nous dit la châtelaine,
Ce soir, Messieurs, céans, je vous retiens ; — ainsi :
Onc ne doit espérer ni grâce ni merci ; »
Et de sa main mignonne en nous montrant un siége
— « J'ai, dit-elle, en riant, pour complice la neige. »
L'adorable comtesse alors se laissa cheoir
En son fauteuil gothique et permit de s'asseoir.
Décrivant autour d'elle un cercle concentrique,
On causa quelque peu modes et politique,
Bourse, théâtre, tous sujets fort importants.
— Or ça, mes prisonniers, de par le mauvais temps,
Interrompit encor la comtesse folâtre,
Êtes-vous comme moi ? Quand l'hiver devant l'âtre

Nous assemble frileux et quand nos froids climats
Ont couvert les chemins de givre et de frimats,
J'aime fort écouter une vieille légende ;
Notre belle comté vaut l'Écosse ou l'Irlande ;
Pour ses traditions, ses gnômes, ses follets,
Ou ses péris dansant de fantasques ballets ;
Et parler de sabbat, de démons, de grimoire,
C'est évoquer le nom cher à notre mémoire
D'un ravissant conteur, de notre bon Nodier,
C'est voir venir à nous Vey, Monnier et Marmier.
Sur ce, nous suzeraine à nos pieds donnons place
A tout conteur joyeux et le tenons en grâce.
On la pria je crois de choisir parmi nous ;
Ce fut moi qu'elle élut ; je vins à ses genoux
Et commençai marri de mon peu d'éloquence.
— Quand je courais les monts aux beaux jours de
[vacance,
Madame, il me souvient qu'un pâtre me narra
Cette vieille chronique en patois du Jura.
— Si parfois le hasard vous amène en touriste
A Salins, la cité qu'un incendie attriste,
Un bâton à la main, gravissez les sentiers :
Voici d'abord Salgret, la ferme aux cent noyers ;
Marchez toujours, marchez, votre route est jolie,
La blanche paquerette ou la frêle ancolie
Offrent leurs doux parfums aux rares visiteurs
Et rendent d'un long bois les sentiers enchanteurs.
Nous allons arriver... un peu de patience :
La forêt est franchie ; un horizon immense
Se déroule à vos yeux ; là dans son vert manteau

Vaugrenans, puis Vadans, au féodal château ,
Plus loin Poupet, géant, muette sentinelle
Posée aux premier temps par la main éternelle ;
Derrière vous, voyez, dans ces lierres rampants,
Dans ces ruines, nid habité des serpents,
Reste seule debout une ogive gothique ;
Ce sont là les débris d'une abbaye antique,
C'est là Château-Salins, fondé par Saint Bernon,
Que Notre-Dame prit sous sa protection.
— De ce long préambule à mon noble auditoire
Je demande pardon et reviens à l'histoire.
Pendant l'automne avant l'an mil quatre cent vingt
En ce couvent fameux, voici ce qu'il advint :
A la porte une nuit on heurte ; — c'est sans doute
Un voyageur errant, égaré dans sa route,
Ou quelque malheureux demandant charité
« — Frère, que voulez-vous ? — Votre hospitalité,
Répondit l'inconnu d'une voix altérée,
Et la porte s'ouvrit pour lui livrer entrée ;
Puis on le conduisit au révérend prieur ;
Découvrant son visage où perlait la sueur :
« Mon père, lui dit-il, sur le bord de l'abîme
» Je viens à vous, j'allais succomber sous mon crime.»
Le saint homme effrayé, le regarde à ces mots ;
Lui ne put achever, il fondit en sanglots.
Ce visiteur étrange était, je vous l'assure,
Un fort beau cavalier, ayant bonne figure ;
Chaperon sur l'oreille et l'épée au côté,
Des cheveux noirs, le front empreint de majesté ;
Il avait à peu près vingt-six printemps ; en somme

On devinait sans peine un brillant gentilhomme.
Après quelques instants passés silencieux :
« Mon fils, dit le prieur, en lui montrant les cieux,
« C'est aux plus grands pécheurs que Dieu le plus
                                              [accorde ;
» Pourquoi désespérer de sa miséricorde ?
« Pour ses bourreaux lui-même est-il pas mort mar-
                                              [tyr ?
« On peut tout espérer par un saint repentir. »
Et l'étranger reprit : « Ma vengeance assouvie,
« J'allais par ce poignard m'arracher à la vie,
« Quand sur moi Notre-Dame abaissa son regard ;
« J'eus peur, j'ai fui, je suis Raoul de Montrichard ;
« Je viens vous demander un coin de votre terre.
« Pour y traîner mes jours dans une vie austère ; »
« — Comte, dit le prieur, j'exaucerai vos vœux. »
Raoul en sanglotant poursuivit ses aveux :
« — Quatre ans sont écoulés depuis qu'en la chapelle
« J'épousai de Poupet la noble demoiselle.
« Je portais ses couleurs au précédent tournoi,
« Quand, vainqueur, je revins, elle tremblait d'émoi ;
« Je la vis, je l'aimai, comme on aime la femme
« Qui d'un premier amour emplit votre jeune âme,
« Et l'anneau nuptial bientôt orna sa main ;
« Festins, danses, tournois, fêtèrent notre hymen,
« Marie était alors aussi bonne que belle,
« Deux ans je fus heureux, deux ans passés près
                                              [d'elle ;
« Ce bonheur que je crus éternel... insensé !
« Dieu me l'avait compté, je l'avais dépensé.

« Le duc Jean m'appela pour suivre sa bannière ;

« Il allait guerroyer contre Jean de Bavière ;

« Sans cesse à ses côtés, à Gorich, à Senlis,

« Je fus encore témoin du siége de Paris.

« Je vis des Armagnacs l'horrible boucherie,

« Et tout en combattant, je songeais à Marie ;

« Au sein de la mêlée où moissonnait la mort

« J'évoquais son image et me sentais plus fort.

« Quand je vis Jean-sans-Peur sous le fer d'un par-
                                              [jure

« Tomber assassiné, je quittai mon armure

« Et repris le chemin de mon pays natal ;

« J'avais vu deux hivers depuis le jour fatal

« Qui reçut mes adieux à ma dame éplorée ;

« J'allais revoir enfin cette épouse adorée...

« Pour arriver plus vîte au conjugal foyer,

« Je pris pour tout cortége un fidèle écuyer,

« Et ma noire jument, ma compagne guerrière,

« Secondant mes désirs dévorait sa carrière.

« Témoin de mon bonheur, Montrichard à mes yeux

« Vient d'apparaître enfin... Tout est silencieux.

« Minuit tintait alors ; j'étais heureux d'avance

« De surprendre Marie après ma longue absence ;

« Déjà je la voyais me pressant dans ses bras,

« Rougissant d'un plaisir qu'elle n'attendait pas.

« Aux portes du donjon, je me fais reconnaître,

« Et la herse aussitôt se lève pour le maître.

« Ni page, ni courrier n'annonçait mon retour.

« J'étais seul ; promptement je traversai la cour,

« La grand'salle d'honneur, la longue galerie ;

« Je volais pour plutôt arriver à Marie.

« Près de franchir le seuil de son appartement,

« Je tremblais, j'éprouvais comme un pressentiment,

« J'arrive doucement, retenant mon haleine ;

« Je voulais qu'un baiser, récompensant ma peine,

« Vînt l'arracher soudain au rêve commencé.

« J'écoute ; mais d'horreur tout mon sang s'est
[glacé ;

« Une froide sueur sur tout mon corps ruisselle,

« J'écoute et doute encore ; égaré, je chancelle ;

« Comme en proie aux tourments d'un affreux cau-
[chemar ;

« Ma main à quelque appui se cramponne au ha-
[sard.

« C'était elle ; ô mon Dieu! le croirez-vous, mon
[père ?

« Arrivant jusqu'à moi de sa couche adultère

« J'entendais murmurer des paroles d'amour,

« Des baisers, des soupirs... et j'étais de retour!...

« Le damné souffre-t-il davantage ? La femme

« Que pure je laissai, je la trouvais infâme ;

« Ma raison s'égara : transporté de fureur,

« Mon poignard en main, j'ouvre et recule d'hor-
[reur.

« Je ne pouvais douter... Marie, à cette vue,

« Jette un cri de terreur, se lève demi-nue ;

« Je la vois, se voilant de ses longs cheveux blonds,

« Sur sa gorge croiser ses deux bras pudibonds,

« Je la vois, suppliante et belle en son désordre,

« Se traîner éperdue, à mes genoux se tordre.

« Mon père, ce poignard, qui lui perça le sein,

« A puni l'adultère et m'a fait assassin.

« Je n'avais pas rendu ma vengeance complète :

« L'infâme séducteur à combattre s'apprête;

« Il était devant moi, son épée à la main ;

« La mienne de sa gorge a trouvé le chemin ;

« D'un bâtard de Vaudrey j'avais puni le crime,

« Car ce félon portait la barre illégitime.

« Justice est faite : à moi le cloître et le remord ;

« Mon père, ici vivant, mais pour le monde mort,

« Puisqu'il n'est plus pour moi de bonheur sur la
[terre,

« Je viens m'ensevelir en ce saint monastère. »

« — Vivez pour expier, mon fils, dit le prieur,

« Car Dieu n'a pas voulu le trépas du pécheur. »

Les moines, se rendant au matin à l'office,

Virent au milieu d'eux, jeune encor, un novice :

C'était frère Jehan, comte de Montrichard,

Qui de Château-Salins devint prieur plus tard.

Dans les austérités, le jeûne et la prière

Il vécut de longs jours ; et quand l'heure dernière

Vint l'endormir en paix dans les bras du seigneur,

En ôtant son cilice on trouva sur son cœur,

Avec des cheveux blonds, une dague rouillée.

Ma curiosité par le pâtre éveillée

Aussitôt me guida vers l'antique couvent

Et, rêvant à Raoul, depuis j'y vins souvent :

Froids témoins du passé, j'aimais ces vieilles pierres

Qui gardent des secret dans leurs flancs séculaires;

Sur l'une m'asseyant un beau jour au hasard,
Je découvris : « Ci-gît Raoul de Montrichard. »

Ma tâche était remplie, et la belle comtesse
Daigna sourire, un peu je crois, par politesse.

SOUVENIRS

DE MES VINGT ANS

L'ARTISTE ET LA FÉE

Quand la nuit vient et glace ma demeure,
Quand, grelottant, je regagne mon lit,
A mon chevet, une fée à cette heure
Vient s'établir et sa main m'assoupit;
Alors sa lèvre à ma lèvre s'attache,
Puis sur le front elle me baise encor ;
Mais le matin qu'au sommeil je m'arrache,
Hélas! aux cieux elle a pris son essor.

Connaissez-vous ce bienfaisant génie ?
Moi, je l'appelle *ange consolateur*,
Car ici bas seul à ma triste vie
Il a souri me montrant le bonheur.

O doux instant! quand, plongé dans le rêve,
Je vois venir du pays enchanté
Des songes d'or où l'avenir se lève
Resplendissant comme un beau jour d'été.

Là, souriante, elle passe et repasse,
La blonde enfant qu'appelle mon amour ;
Je sens son front, frissonnant je l'embrasse
Ma belle, adieu! voici venir le jour.
Pour mes pinceaux laissant ma froide couche
Joyeux bientôt, je me lève sans pain ;
Mais brûle encor la trace de sa bouche,
Ivre d'amour, on méprise la faim.

LES TROIS PAPILLONS

Souvenir de trois papillons à Mesdames L. Th. et D... de Nancy

Dans un jardin, un beau jour de printemps,
Trois papillons à l'aile diaprée,
Parmi les fleurs jouaient depuis longtemps ;
Quand une rose à corolle pourprée
Tint au premier cet amoureux babil :
— Insecte d'or, reste ; soi-moi fidèle,
Je t'aime. — Eh bien, ma rose, lui dit-il,
Je reste, prends et mon âme et mon aile.

La violette, humble et modeste fleur
Qui vit cachée au milieu de la mousse,
Sut du second rendre captif le cœur ;
En la voyant et si bonne et si douce,
Il lui jura... (sa foi de papillon)
De renoncer aux amours éphémères.
Flore sourit à leur tendre union
Qui pour témoins eut lys et primevères.

Cherchant en vain la belle qu'il rêvait,
Des papillons voltigeait le troisième ;
Étant de tous le plus jeune, il n'avait
Jamais oui ce mot charmant *Je t'aime.*

Il entendit pour la première fois
En se posant près d'une marguerite,
Viens, lui dit-elle ; en amour, sous mes lois,
Le temps perdu se regagne bien vite.

VERS

ÉCRITS AU DOS D'UN PORTRAIT CARTE DE VISITE

A Mlle D.

Dans les chemins de Mars quand j'errais en bohême,
Portant, comme Bias, tous mes biens sur mon dos,
Quand je désespérais de tout, de l'amour même.
Par vous je me laissai convaincre en peu de mots.
Pour ce bonheur, merci! bientôt l'heure cruelle
Va me rendre au sentier de ronces parsemé.
Que ce portrait pour vous soit la fleur qui rappelle
L'absent au souvenir de ceux qui l'ont aimé.

LES DEUX AMOURS

Romance

Dans le village où j'ai reçu le jour
Une cousine, un ange d'innocence,
Court à l'aurore épier mon retour ;
Elle m'attend après dix ans d'absence.
Mais vous lui ressemblez ; — ainsi qu'elle... ô tour-
[ment!
Vous avez les yeux noirs, la figure mutine ;
Cependant vous aimer, c'est trahir mon serment.
    Ah ! si vous étiez ma cousine!

En lui passant au doigt l'anneau béni,
Je lui jurai de lui garder mon âme ;
Merci, mon Dieu, mon exil est fini!
Je partirais, si je n'étais infâme.
Vous m'avez enchaîné, je suis à vos genoux...
Vaincu comme l'oiseau que le serpent fascine ;
Vous souriez.. eh quoi! vous êtes sans courroux?
    Ah! si vous étiez ma cousine !

Jenny, ma blonde, avait quinze ans, je crois,
Quand en proscrit je quittai ma patrie ;
Plus je regarde, en vous plus je la vois,
Grenade en fleur qu'un beau ciel a mûrie ;

Mais pourquoi m'attacher à ce frivol espoir,
Madame, par pitié! votre amour m'assassine;
Mon pauvre cœur se brise... Irai-je la revoir?
      Ah! si vous étiez ma cousine!

      Vous me raillez des maux que j'ai soufferts;
      Pourquoi cet air mystérieux, étrange?
      Quelque démon échappé des enfers
      Se cache-t-il sous ce visage d'ange?
Insensé que je suis, j'ai trop longtemps douté,
Vous me serrez la main et votre front s'incline.
Ce trouble nous trahit: c'est vous en vérité;
      Embrassons-nous, belle cousine!

A LOUIS M...

EN LUI RECOMMANDANT MA FILLEULE ET NIÈCE ALICE

Que de fois ma pensée inquiète s'envole
Vers le chaume où grandit ma filleule au berceau!
De sa mère, Louis, tu le sais, c'est l'idole,
Et moi, j'ai sur son front fait couler la sainte eau.

Que de fois j'ai tremblé pour sa frêle existence!
J'ai craint pour ce front pur le souffle du malheur,
Une heure, et cette lèvre. empreinte d'innocence,
Peut changer son vermeil en mortelle pâleur.

Le croup, ce mal affreux... tout mon être frissonne,
Ce monstre, dans les bras de vos mères en pleurs,
Tendres fleurs, leur espoir, trop souvent vous mois-
                                        [sonne ;
Pour assouvir sa rage, il lui faut des primeurs.

Commençant à sourire, hélas! je l'ai quittée,
Cette enfant qu'une sœur commit à mon amour;
Ma nef. depuis ce temps sans cesse balottée,
Vogue loin du pays sans espoir de retour.

Qu'il fut beau, ce jour où mon Alice chérie
Du signe de chrétienne a reçu l'onction ;
Mai venait de parer les autels de Marie,
Elle... était le doux fruit d'une tendre union.

Ce jour longtemps sera gravé dans ma memoire.
C'est ce doux souvenir qui, dans le bruit des camps,
Berce ma rêverie et d'un charme illusoire
De mes longs déplaisirs adoucit les instants.

Alice que fait-elle ? Elle a grandi, sans doute,
Vers son père elle tend déjà ses petits bras
Et rit, quand elle voit, au détour de la route,
Sa mère le dimanche accourant à grands pas.

Voyant s'épanouir ses fleurs à peine écloses,
Ces petits chérubins essayant leur essor,
Que de pressentiments rident nos fronts moroses !
L'avenir... nom riant est plus terrible encor.

Écartons ces pensers, ô ma frêle colombe !
Pourquoi vouloir sonder cet abyme incertain ?
Presque en naissant tu viens d'échapper à la tombe :
En tes mains, ô mon Dieu ! je remets son destin.

Camp de Sathonay, août 1860.

LE CAPITAINE MOREL

Veillée franc-comtoise

A M. Louis MAURICE

Vous souvient-il encore de notre bon grand-père,
Vieux de la Grande-Armée, à la figure austère,
Au front cicatrisé, vrai type de grognard?
Ah! que de souvenirs il avait en réserve!
Rentré dans ses foyers, modeste campagnard,
Les longs soirs de veillée utilisaient sa verve :
Quand la neige tombait, les voisins, les amis,
Venaient *teillant* le chanvre écouter ses récits.
Le Petit-Caporal, c'était là son idole.
Enfants, nous disait-il, du Caire à Waterloo
Partout je l'ai suivi, j'ai vu le pont d'Arcole,
Austerlitz, Ièna, Wagram et Marengo.
Mais laissant de côté ses combats, ses victoires,
Il nous contait parfois quelques vieilles histoires
Du sire Lacuzon ou des preux Franc-Comtois.
Hommes ou jeunes gens, tous nous faisions silence
Quand il prenait sa prise en sa boîte de bois;
Le geste équivalait à ces mots : *Je commence.*
Un soir, à la veillée, assis sur ses genoux,
Du récit qu'il nous fit j'ai gardé souvenance ;

L'écrivant aujourd'hui, je le dédie à vous,
A vous, mon cher Louis, mon compagnon d'enfance.
Le temps qui tout emporte dans son éternel flux
Vous a fait oublier notre charmant cottage,
Où nous avons passé tous deux notre jeune âge ;
Je viens vous rappeler, hélas ! ce qui n'est plus :
Ces beaux jours écoulés et notre vieux grand-père
Qui sous les verts cyprès repose au cimetière.

Vous connaissez Arbois. Le maréchal Biron
Assiégeait cette ville au nom de Henri Quatre.
Ses braves habitants, quatre cents environ,
Ne voulurent jamais se rendre sans combattre.
Leur chef était Morel, enfant de la cité,
En voyant le danger que courait sa patrie,
Pour venir la défendre, il avait tout quitté.
Biron fit attaquer ; mais la mousqueterie
Des défenseurs d'Arbois décima ses soldats.
Furieux de l'échec, il employa les mines,
Fit commencer le feu des lourdes couleuvrines,
·Et son roi vers la ville avait pressé ses pas.
Trois fois les Arboisiens sont sommés de se rendre,
Et voici leur réponse à l'envoyé français :
« Nous préférons mourir et voir Arbois en cendre
Que trahir le serment qui nous lie à jamais. »
Cependant les boulets ébranlaient la muraille,
Et l'on vit sur la brêche, enfants, femmes, vieillards,
Affrontant sans pâlir la mort et la mitraille,
De leurs débiles mains réparer les remparts.
En vain tout Faramand est détruit par les flammes ;

En vain deux fois Biron donne l'assaut au murs ;
L'amour de la patrie avait bronzé ces âmes
Que de traits d'héroïsme, hélas, restés obscurs !
A travers les boulets, les balles meurtrières,
On vit même une femme en ces glorieux jours
Apportant aux remparts une charge de pierres ;
Son panier sur la tête, elle marchait toujours.
Près de toucher au but, elle tombe frappée,
Se relève sans cris ; comme un sanglant lambeau
Sa main droite pendait par le fer écharpée ;
Sublime de courage, elle prend son fardeau,
Puis de son autre main le charge sur sa tête
Et poursuit son chemin sans que rien ne l'arrête.
Des bombardes de fer les détonations
Faisaient crouler remparts, crénaux et bastions.
A réparer les murs c'est en vain qu'on travaille ;
Arbois voit ses enfants tomber sous la mitraille ;
Morel était partout, Morel blessé trois fois,
En ce terrible instant redoublait d'énergie ;
Ses soldats étaient morts en braves Franc-Comtois,
De leur généreux sang la terre était rougie.
Pour la cinquième fois un trompette français
Somma les Arboisiens sur l'heure de se rendre ;
Furieux du retard et de son insuccès,
Biron les menaçat de tous les faire pendre.
Morel fit assembler les quelques habitants,
Les seuls qui survivaient à la lutte sanglante :
« Nous restons seuls, dit-il, de tous les combattants,
« Plus de poudre… et déjà la muraille est croulante,
« Dans un de nos combats j'aurais voulu mourir,

« Eh bien ! puisqu'il faut vivre, amis, qu'on obéisse
« A celui qui voulait vous sauver ou périr.
« L'église est aux blessés un asile propice ;
« Les femmes, les enfants, s'y rendront avec eux.
« De la ville, à l'instant, qu'on ouvre chaque porte.
« Si Morel, aujourd'hui, vous parle de la sorte,
« C'est qu'il faut se soumettre aux volontés des
[cieux.
« Faites dire à Biron par son parlementaire
« Qu'il vienne... et maintenant, chers amis, atten-
[dons. »
Il se tut et donna ses pensers à sa mère.
Des assiégeants bientôt sonnèrent les clairons ;
Le maréchal parut fulminant de colère.
« — Où sont donc tes soldats ? — ne puisse vous
[déplaire.
« Les voilà, maréchal, » lui répondit Morel.
Des vieillards, des enfants, levant les bras au ciel,
Quelques hommes blessés, à peine un de valide,
Du défenseur d'Arbois c'étaient là les soldats.
De rage, les voyant, Biron devint livide,
« — Misérable ! d'oser t'opposer à mes pas,
« Lui dit-il furieux ; par une telle audace,
« Pendard ! as-tu donc cru devant moi trouver
[grace ?
« Bientôt la corde va te mener à bon port.
« Qu'on le pende à l'instant. » — On le traîne au
supplice.
« — Biron, lui dit Morel, jalousera mon sort ;
« A côté des grandeurs se creuse un précipice ;

« Je trouve dans cet arbre un glorieux tombeau ;
« Mais toi, tu périras sous la main du bourreau. »
Au cœur, près d'expirer, l'avenir se révèle :
La hâche vint plus tard punir Biron rebelle.
Les vainqueurs sans pitié ravagèrent Arbois ;
C'étaient là les hauts faits de ce roi populaire
En héros travesti par les vers de Voltaire.
Au-dessus de la ville on voyait autrefois
Aux lieux où maintenant se trouve une fontaine,
Le vieux tilleul où fut pendu le capitaine.
Souvenir glorieux, débris sauvé des ans,
Il était resté là, par trois fois séculaire,
Élevant vers les cieux ses bras reverdissants.
Hélas ! il est tombé sous l'acier mercenaire,
Cet arbre vénérable ! — avant de l'arracher,
Vous deviez, Arboisiens, vous souvenir encore
Qu'un homme valeureux que votre ville honore
Passant là, s'écria : « Gardez-vous de toucher
« Au tilleul où Morel jadis perdit la vie.
« Qu'il fut beau, son destin, et combien je l'envie !
« Puisse Dieu me garder un si noble trépas ! »
Pichegru... c'était lui qui parlait de la sorte,
Lui qui devait plus tard... mais chut !... n'en par-
                                        [lons pas ;
Laissons ce souvenir au passé qui l'emporte.
Mes enfants, minuit sonne ; il faut vous retirer ;
J'ai pour demain encore une histoire à narrer.

FRAPPEZ ET L'ON VOUS OUVRIRA

Chansonnette

Frappez et l'on vous ouvrira.
Croyant en la parole sainte,
Du directeur de l'Opéra
Hier tremblant je franchis l'enceinte.
Il me dit : Que tenez-vous là?
Moi, lui faisant force courbettes,
Je lui montre mon opéra;
Le bonhomme ôtant ses lunettes,
Vîte alors me congédia.
Frappez et l'on vous ouvrira!

D'une sylphide de Bréda
Je cultivais la connaissance,
Un jeune Anglais me supplanta.
Après cinq jours de négligence,
Un beau matin, passant par là,
J'allai frapper chez ma lorette;
Une voix répondit : Holà!
Et puis au lieu de la coquette
Je vis paraître son pacha.
Frappez et l'on vous ouvrira!

Pour éviter à mon papa
Les frais de ma correspondance,
D'un usurier qui me vola
J'allais implorer l'assistance ;
Mais à sa porte il me laissa ;
Comme je faisais grand tapage,
Par la serrure il me cria :
Paix, paix ! jeune homme, soyons sage
Gare Clichy *et cœtera !* .
Frappez et l'on vous ouvrira !

UNE SÉRÉNADE AU QUARTIER LATIN

Chansonnette

Cède à mes vœux , ô belle Irène !
Dans mon palais, tout près du toît,
Viens habiter et sois la reine
D'un jeune étudiant en droit.

Pour posséder ton cœur, séduisante Lorette,
Je suis prêt à laisser l'école de côté,
Les codes, Justinien, la thèse que j'apprête
Pour moi ne sont plus rien auprès de ta beauté

    Cède à mes vœux , etc.

Oh! viens, et des amants je serai le modèle,
Nous rendrons envieux tout le quartier latin.
Pendant six mois au moins, je te serai fidèle,
Et l'aï coulera du soir jusqu'au matin.

    Cède à mes vœux , etc.

Entends le dernier mot que mon amour m'inspire :
Hier j'ai du papa reçu ma pension.

3

Je la mets à tes pieds, car subir ton empire,
Brune Laïs, c'est là ma seule ambition.

Cède à mes vœux, ô belle Irène !
Dans mon palais, tout près du toît,
Viens habiter et sois la reine
D'un jeune étudiant en droit.

LA BUCHE DE NOEL

Romance composée à la prière de Mademoiselle A. M. sur le départ pour Oran de son oncle et de sa tante. — Musique de Mademoiselle A. M.

Vous avez fui nos toîts quand l'hirondelle
Prenait essor vers les brûlants climats ;
Eh quoi, partis! vous avez craint comme elle
De la comté la neige et les frimas.
Quand vient au soir l'heure de la prière,
Il me souvient qu'enfant, sur vos genoux,
Vous me chantiez, pour clore ma paupière,
Ce doux refrain : « Vous en souvenez-vous ? »
    Dormez, enfants, l'horizon est grisâtre ;
    Pour vous bénir, Jésus descend du ciel,
    Et le grillon chante blotti dans l'âtre :
    Mettez au feu la bûche de Noël.

Des temps passés gardant la souvenance,
En sommeillant souvent je vous revois,
Près du foyer, témoin de mon enfance,
A votre place assis comme autrefois.
Si j'etais fée, oh! je voudrais sur l'heure
Changer le rêve en la réalité.
Oh! revenez charmer notre demeure,
Voici Noël où vous m'avez chanté :
    Dormez, enfants, etc.

Sans vous, amis, triste est notre veillée;
On n'entend plus ces récits, ces vieux airs,
Que j'écoutais tremblante, émerveillée.
Vers le pays aux torrides déserts,
De nos pensers le morne essaim s'envole;
Sans vous, ici, pour nous plus de bonheur;
D'un prompt retour l'espoir seul nous console.
Ah! revenez, nous redirons en chœur:
    Dormez, enfants, l'horizon est grisâtre;
    Pour vous bénir Jésus descend du ciel,
    Et le grillon chante blotti dans l'âtre:
    Mettez au feu la bûche de Noël.

VINGT-QUATRE HEURES

A LA

GRANDE-CHARTREUSE

Souvenir à Madame Anaïs N...

Loin de vous maintenant, ces fleurs, quand je les
[vois,
Je me dis : En ses mains quand les rapporterai-je ?
. . . .
Nous étions cinq formant votre joyeux cortége,
Et cinq bouquets pareils, cueillis par vous au bois,
Devaient nous rappeler cette journée heureuse ;
Nous allions en septembre à la Grande-Chartreuse.
— Madame, vous aviez la gaîté du pinson ;
La route était jolie et l'horizon superbe ;
Chacun, à tour de rôle, entonnait sa chanson,
Et quand nous étions las, on s'asseyait sur l'herbe.
Un bien triste accident mit un terme pourtant
A nos joyeux ébats, à nos mille folies ;
Les bleus myosotis, les pâles ancolies,
Tombèrent de nos mains en ce fatal instant.
Nouvelle mariée, une jeune comtesse,

Voyageait devant nous ; près d'elle son mari
Conduisait avec grâce un léger tilbury.
Le cheval s'est cabré... d'une folle vitesse
Il emporte le char, le traîne fracassé.
Nous étions spectateurs de cette scène affreuse.
De Saint-Laurent-du-Pont à la Grande-Chartreuse,
A gauche, le chemin, par les rocs encaissé,
Offre du côté droit d'effroyables abîmes.
Hélas! en frissonnant du tilbury nous vîmes
Tomber le pauvre comte, à deux pas d'un ravin ;
Sa tête alla frapper le tronc d'un vieux sapin.
Vains furent nos secours : il avait rendu l'âme ;
Et sanglante, plus loin, gisait sa jeune femme ;
Elle n'en mourut point. Lorsque les soins de l'art
Lui rendirent les sens, elle apprit son veuvage ;
Veuve elle était après deux mois de mariage ;
Et, depuis, elle est folle, on me l'a dit plus tard.
Tous les six, oppressés, nous reprîmes la route ;
Mais tristesse ne dure en des cœurs de vingt ans,
Et ce n'est pas la mort qu'à cet âge on redoute.
De ce lugubre drame on causa quelque temps,
Puis la gaîté revint. Tels, après un orage,
Les chantres de nos bois, redevenus joyeux
Quand apparaît iris, dans leur charmant ramage
Du beau temps qui renaît rendent grâces aux cieux.
Votre verve surtout était intarissable ;
La bride sur le cou, l'esprit allait au trot ;
Vous semiez en prodigue anecdote ou bon mot,
Sortant tout pétillant comme l'aï qu'on sable ;
Si parfois l'un de nous, poète chevelu,

Jeune, franc d'avenir, incompris et peu lu,
S'arrêtait contemplant le spectacle sublime
Par l'alpestre nature à nos yeux déroulé,
On faisait une pause, il cherchait une rime
Au fade madrigal qu'il vous a roucoulé.
Non, jamais caravane, en l'Arabie heureuse,
Apercevant au loin une fraîche oasis,
Ne montra tant de joie, alors que tous surpris,
Nous vîmes les vieux murs de la Grande-Chartreuse.
Nous arrivons enfin. La route, le grand air,
Avaient bien remplacé l'absynthe ou le bitter,
Nous étions tous pourvus d'appétit famélique.
Aux portes du couvent, nous dûmes vous quitter,
Ce qui ne laissa pas de fort vous irriter
Contre le saint qui fit cette autre loi salique.
Cette loi, je l'approuve ; elle a, ma foi, raison
En vous interdisant le seuil de la maison.
De messieurs les chartreux la règle prévoyante
Voulut les prévenir de la tentation ;
Des yeux bleus, des yeux noirs, la flamme cha-
                                        [toyante
Troublerait plus d'un frère en méditation.
A côté, cependant, pour vous est un asile :
Nous fîmes grand honneur au vatel de ces lieux ;
Le dîner était bon, frugal, mais copieux ;
OEufs, fromage, lait, fruits, un vrai repas d'Idylle,
Rendu délicieux, surtout par l'appétit.
La cloche du couvent en tintant avertit
Que du cloître on allait commencer la visite ;
Les étrangers, conduits par le coadjuteur,

Sont deux fois chaque jour admis à cet honneur.
Je vis une cellule où le chartreux habite ;
Voici l'appartement : un jardin à côté,
La salle froide et nue, un petit oratoire,
Une chambre à coucher, et l'œil épouvanté
Ne voit sur les murs blancs qu'une grande croix
                                               [noire.
Là, dans cette prison, pendant cinq ans parfois,
Sans souci d'ici bas, s'enferme les novices ;
Ils sortent seulement pour se rendre aux offices.
Pour priser cette vie, il faut avoir, je crois,
Des douleurs de ce monde épuisé le calice.
Nous parcourûmes tout cet immense édifice :
La chapelle, les cours, réfectoire, parloir
Et la bibliothèque et tous ce qu'on peut voir.
Je dois vous avouer que notre Cicerone,
Complaisant à l'excès, ne nous épargna rien ;
De son nez rubicond, de sa grasse personne,
Quand je pense à ce jour, je me souviens fort bien.
Ce digne révérend était le père Antoine ;
Quoique portant le froc, il était éclairé,
Même avait de l'esprit, chose rare en un moine ;
Il mêlait plaisamment le profane au sacré.
Du reste, nous étions en bonne compagnie,
Un duc de vieille roche et Camille Doucet,
L'auteur spirituel de cette comédie
Qu'aux Français, l'an dernier, Paris applaudissait.
Vous souvient-il encor, je ne saurais le taire,
De notre excursion à travers monts et vaux ;
Nous allions découvrir, non des mondes nouveaux,

Mais bien cette liqueur que chérissait Voltaire
Et que les chartreux ont en sainte aversion.
Nous trouvâmes enfin l'objet de nos délices,
Un pauvre cabaret satisfit nos caprices,
Le café compléta notre digestion.
Quand on fut de retour, la nuit était venue
Invitant au repos... on prit congé de vous ;
On nous donna bien propre une chambre pour tous.
Nous dormions ; minuit sonne, une voix inconnue
Dit : Frère, levez-vous ! En sursaut éveillés,
Nous devions, je l'assure, avoir d'étranges mines.
En un clin d'œil pourtant nous sommes habillés ;
On venait nous prier d'assister à matines.
La scène qui s'offrit alors à nos regards
Fut pour nous un spectacle aussi nouveau qu'é-
[trange :
Les chartreux à l'église entrent de toutes parts,
Lanterne en main, chacun à sa place se range,
Tous en psalmodiant et capuchon baissé.
Sans attendre la fin, chacun de nous fort aise,
Retrouva le chemin de son lit délaissé.
L'aube qui commençait (bien que ce fût un *treize*)
Fut encore pour nous l'aurore d'un beau jour ;
Loin de nous alarmer de ce funeste nombre,
A Grenoble, gaîment, on revint sans encombre,
Et j'ai bon souvenir de ce charmant séjour.

A MA SOEUR FANNY S... ET A SON FILS

Enfant, mon cher filleul, ta bonne et tendre mère
En te donnant son sein, rêve à ton avenir ;
Jeune encor elle dit (n'en déplaise à ton père)
Je voudrais être vieille au lieu de rajeunir.
Et déjà d'un regard où l'espérance brille,
Souriante, elle voit un gentil officier
Venir se reposer au sein de sa famille
Des déboires sans fin du plus noble métier.
O fragiles châteaux que bâtit une mère !
Il faut pour votre chute un léger souffle, hélas !
Et moi qui sais combien l'existence est amère,
Je dirais volontiers : Enfant, ne grandis pas !

Mais de ver qu'il était, sort de la chrysalide
   Un papillon brillant
OEuf d'abord, de son nid l'oiseau d'un vol timide
   S'enfuit en gazouillant ;
Que devient l'arbrisseau qui sous le zéphir plie ?
   Un arbre avec le temps.
Ainsi croîtra ton fils, ma sœur, en cette vie
   L'été suit le printemps.
Jouis de ce printemps, jours émaillés de roses,
   O mon blond chérubin !
Et ne vas pas frapper trop tôt aux portes closes
   De ton jeune destin.

Chère Fanny, pourquoi te souhaiter des rides
Et pour ton fils chéri quelques lustres encor?
Tu le sais, ici bas les sentiers sont arides ;
Il est toujours trop tôt d'abandonner le port.
En attendant, tu dors sans souci, sans alarmes,

Bel ange, mon filleul ;
Tu dors, à toi je pense et sens couler mes larmes
Au fond d'un cachot, seul.
Dans un cloaque impur où mon cœur s'étiole,
Au souffle du malheur,
Sans cesse mon esprit vers ton berceau s'envole
Et rêve à ton bonheur.
Oui, j'en suis sûr, le ciel écoutant ma prière,
Exaucera mon vœu.
Nous serons tous heureux ; ma sœur, tu seras fière
De mon petit neveu.
Cette fois, revenu de mes pensers moroses
En regardant ton fils,
Je dirai : Sous l'épine il est encore des roses ;
Petit enfant, grandis.

Annecy, 1861.

MÉLODIE

A Medemoiselles X..., de Dole

Mon âme se berce attendrie
Au doux espoir
De vous revoir,
Rives du Doubs, terre chérie,
Au doux espoir
De vous revoir,
J'entends une voix qui me crie :
Salut à ma Comté ! Salut à ma patrie !

Aux beaux temps des moissons
Charmantes demoiselles,
Que l'amour sur ses ailes
Vous porte mes chansons
Au pays qu'il regrette,
A Dole, gai séjour,
Que ce dieu daigne un jour
Ramener le poète ;
Et puis, quand vous irez,
O mes jeunes amies,
Au soir, dans les grands prés,
Que vos lèvres unies

Entonnent mon refrain.
A ce chant d'espérance,
Franchissant la distance,
Mon cœur battra soudain.

Mon âme se berce attendrie, etc.

De climats en climats
Errant sur cette terre,
Une main tutélaire
Pourrait fixer mes pas.
L'avez-vous rencontrée,
Ma fée aux doux souris?
M'attend-elle au pays,
Ma Céleste adorée?
Non, mon front est en deuil
De mes jeunes années;
Dormant dans leur cercueil
D'illusions fanées
Sur ce déclin fatal
Seule reste encore vivace
L'amour que rien n'efface,
L'amour du sol natal.

Mon âme se berce attendrie
Au doux espoir
De vous revoir,
Rives du Doubs, terre chérie,
Au doux espoir
De vous revoir
J'entends une voix qui me crie:
Salut à ma comté! Salut à ma patrie!

DÉSESPÉRANCE

Romance dramatique

A mes yeux éblouis vous parûtes un jour,
Comme une vision de la sphère éternelle ;
Depuis ce temps fatal, épris d'un fol amour,
Je vous suis épiant, ardente sentinelle,
Un sourire, un regard qui me rendraient heureux.
Ah! soyez ici bas mon ange tutélaire!
Mais non, du paria vous détournez les yeux...
Fi donc! une marquise aimer un prolétaire?
      Sous vos dédains je succombe accablé.
      Ayez pitié de ma longue souffrance ;
      Laissez tomber sur mon cœur désolé,
      Laissez tomber un rayon d'espérance.

Et pourtant de la nuit mes rêves sont si beaux :
Là, vous m'apparaissez non dédaigneuse et fière,
Trônant sur une cour de fade Roméos ;
Mais heureuse, écoutant ma timide prière,
Et je suis à genoux ivre de volupté.
Hélas! quand l'ombre fuit, elle emporte avec elle
Le fantôme amoureux de mon songe enchanté ;
Je vole vous revoir et vous trouve cruelle.
      Sous vos dédains, etc.

C'en est fait de ma vie, et vous l'aurez voulu,
Mes cheveux ont blanchi, mon jeune front se ride,
A terminer mes jours me voilà résolu ;
Je penche vers l'abime où j'ai Werther pour guide.
Quand ton mépris me tue, en ce dernier moment.
Ange, femme ou démon me faut-il te maudire?
O faible cœur humain, étrange aveuglement!
Mon sang déjà se glace et ma lèvre soupire.

    Sous vos dédains je succombe accablé,
    Ayez pitié de ma longue souffrance ;
    Laissez tomber sur mon cœur désolé,
    Laissez tomber un rayon d'espérance.

A UNE JEUNE BOHÉMIENNE

Ouvrez de mon destin, ouvrez les portes closes;
Que mes jours soient dorés, que mes jours soient
[moroses,
    Que puis-je craindre auprès de vous?
Nous passerons, mignonne, en ce monde, où tout
[passe
Comme les alcyons effleurant la surface
    Des flots mugissants en courroux
Dans ces cartes, enfant, vous cherchez des présages,
Vous parlez avenir, c'est outrager nos âges ;
    Calmes, laissons nos ans couler.
Vous êtes, j'oubliais, du pays des gitanes;
Vous croyez que pour vous les destins diaphanes
    Ne sauraient plus rien vous céler.
Mais l'avenir, c'est vous, c'est l'amour qui m'em-
[brase,
    C'est le frêle édifice élevé sur la base
    De vos yeux noirs pleins de langueur.
Cherchez dans vos cartons si je serai fidèle,
Si la pudeur un jour, fuyant à tire d'aile,
    Ne me tiendra plus en rigueur.
Cherchez combien de temps j'aurai toute votre
[âme
Et combien de baisers naîtront de ce dictame.
    Aimons-nous, hâtons-nous de jouir.

4

Lorsque ces voluptés montent au paroxysme,
On aimerait mieux voir du ciel un cataclysme
      Que nos rêves s'évanouir.
Bonheur, plaisirs, amours, sont éphémères choses ;
Profitons des effets sans discuter les causes ;
      Laissez ce grimoire, venez.
Je lis mieux mon destin, ma belle magicienne,
Sur ce sein palpitant, sous ce peignoir d'indienne,
      Qu'en vos cartons enluminés.
Le présent, le futur, c'est cet instant suprême
Où la lèvre et le cœur vont murmurant : Je t'aime,
      Où l'âme est près de s'exhaler.
Hâtons-nous, jouissons de cette douce ivresse
Où nous jette, où nous plonge une folle jeunesse
      Trop prompte, hélas ! à s'envoler.

LE PETIT SAVOYARD

Conseil à plusieurs jeunes gens.

Un petit Savoyard qui montrait sa marmotte
Faisait ample moisson d'oboles en chemin.
Sans marmotte, plus loin, un sien compatriote,
En silence, aux passants tendait aussi la main.
Rien ne tombant, hélas! pas la moindre piécette,
Il se prit à pleurer. Son confrère, passant,
Fut ému de ses pleurs et vers lui se baissant
Lui dit en partageant avec lui sa recette :
« Fais quelque chose, ami, pour attirer les yeux;
« Vois là-bas ce joueur d'orgue de Barbarie
« Assommant le public de ses airs ennuyeux;
« C'est en vain contre lui que le concierge crie;
« Il tient bon et reçoit des pièces, des gros sous.
« Je ferai comme lui, dans quelques mois, j'espère,
« Et vienne enfin le jour de retourner chez nous,
« J'aurai pour acheter du pain blanc à ma mère. »
Et vous, ô jeunes gens, qui venez à Paris,
Pour courir des emplois l'aride steeple-chase,
Quand vous auriez pour vous des comtes, des mar-
                                        [quis,
Cardinaux ou banquiers, ou autres gens en place,
Travaillez... Aide-toi, puis le ciel t'aidera :

Sur le crédit d'autrui, si votre espoir se fonde,
Vous attendrez en vain ; la suite prouvera,
A vos dépens, combien l'erreur était profonde.
Travaillez tout d'abord : soyez plutôt maçon ;
Le plus dur des métiers vaut mieux , quoi qu'il en
[coûte,
Tout chemin mène à Rome... il suffit d'être en route.
De mon expérience écoutez la leçon.

DANS UN CACHOT

Songe

Le soir lorsque brodant, paisible auprès de l'âtre,
Blonde et rêveuse enfant qu'une mère idolâtre,
Si quelqu'un vous disait : Dans un cachot glacé
Est sur le mur humide un nom partout tracé,
Ce nom, un prisonnier sans cesse le répète ;
La nuit, quand aux barreaux se brise la tempête,
Grelottant sur la paille, il le redit encor,
Demandant au sommeil un de ces songes d'or,
Songe riant d'amour dont la jeune âme est pleine.
Il rêve et tout s'oublie et le froid et la peine ;
Le croiriez-vous? oh non... mais l'airain du château
Douze fois a vibré sous les coups du marteau.

> Jeune et radieuse, une fée
> Descend alors dans le réduit ;
> Ainsi que Flore elle est coiffée ;
> L'escarboucle sur son front luit ;
> Sa lèvre, coupe purpurine,
> Verse un sourire de bonté ;
> Sa chair transparente, divine,
> Semble l'aros et rose thé ;
> Sur son épaule demi-nue
> Tombent en flots ses cheveux blonds,

Sous quelque pensée inconnue
Son sein précipite ses bonds ,
Son aile frêle se déploie
Comme l'aile du papillon ;
Sous sa blanche robe de soie
Se cache un pied de cendrillon ;
A sa main brille une pervenche ,
Avec un frais myosotis ;
Vers le captif elle se penche. .
Espère ! dit-elle, je suis...

. . . .

. . . .

Trompeuse illusion d'un songe,
Oh ! ne va pas t'évanouir !
Assez de fiel est à l'éponge ,
Pour un seul instant de plaisir.
Un bruit sourd de verroux soudain se fait entendre :
Adieu la vision ! fée au regard si tendre.
Le prisonnier s'éveille et tend les bras aux cieux.
Il regarde... avec peine il en croit à ses yeux.
Sa bouche murmurait un nom... c'est sa prière ;
C'est celui que partout il traça sur la pierre.
Quel est ce nom enfin ? me demanderez-vous.
Je n'ose vous le dire autrement qu'à genoux ,
A genoux et tout bas, en y joignant cet autre :
Je t'aime ! Le second... devinez... c'est le vôtre.

Château d'Annecy, 1861,

LA PRIÈRE DU SOIR

A bord de l'ESPÉRANCE

Cantate

LE PRÊTRE

Le soleil s'enfuit, les cieux s'illuminent,
Du jour qui s'éteint l'instant solennel
Invite à prier ; que vos fronts s'inclinent,
Frères, à genoux devant l'éternel.

CHOEUR

Dieu tout-puissant, en tes mains tutélaires
Nous confions le soin de nos destins,
L'aigle française en des climats lointains
Vole porter des lois humanitaires.
Quand l'Empereur des yeux suit ses soldats,
Maître des mers, dissipe les tempêtes,
Et que ton souffle au moment des combats
Des ennemis fasse courber les têtes.

UN JEUNE MOUSSE

O Vierge, ô ma patronne, en vous est mon espoir,

Pour la première fois j'ai quitté mon village ;
Bretagne, mon pays, irai-je te revoir ?
Adieu, me dit ma mère en pleurant ; — sur la plage
Puisses-tu revenir pour me fermer les yeux !
Adieu, mon pauvre enfant, l'honneur qui te ré-
[clame
T'ouvre de l'avenir les chemins glorieux.
Pars, mon fils, souviens-toi d'implorer Notre-Dame.

LE PRÊTRE

Atomes, au milieu de cette immensité,
Au sein de cette nuit pleine de majesté,
Arbitre souverain, ô source de lumières !
Élève jusqu'à toi nos ferventes prières.

CHŒUR

Répands sur nous ta céleste faveur ;
A nos desseins rends le zéphir propice ;
Donne à la France une ère de bonheur ;
Que dans ses champs l'abondance fleurisse.
Veille au salut de son chef valeureux ;
Des étrangers calme la défiance ;
Que de la paix les peuples désireux
Un jour enfin scellent leur alliance.

LE PRÊTRE

Au nom du Créateur qui nous voit réunis,
Prêtre de son autel, frères, je vous bénis.

CHOEUR

O Dieu qui protéges la France!
Des matelots de l'*Espérance*
Guide la nef sur les amers sillons.
Brise, de notre âme attendrie,
Porte les chants à la patrie;
Sur l'océan flottent ses pavillons.

UN AMOUR A PARIS

Oh le charmant état! J'étais clerc de notaire;
J'avais le gousset vide et l'avenir à moi,
Mais fier de mes vingt ans et plus riche qu'un roi.
Chez maître... Je m'abstiens, son nom, je dois le
[taire;
De ses saute-ruisseaux il était adoré.
Pour lui j'ai des égards, car son papier timbré
Servit à mes poulets, je n'en avais pas d'autre.
Mais au fait revenons, comme on dit au palais.
J'étais troisième clerc, c'est dire bon apôtre,
Niché tout près des cieux; pour voisine j'avais
Depuis peu... devinez: — Une femme, sans doute,
Me répond Calino, sans avoir hésité. —
C'était une modiste (ah! cet aveu me coûte).
De croire à sa vertu je fus d'abord tenté.
Jeune, elle n'avait pas ce teint de Parisienne,
Blême, pâlot; c'était la santé dans sa fleur,
La pêche eût à sa joue envié sa couleur;
Une gorge taillée à la Vénus ancienne;
Des cheveux abondants, blonds comme les épis,
Et bien dûment les siens, en ce temps chose rare;
Sa lèvre où voltigeait sans cesse le souris
Montrait trente-deux dents blanches comme car-
[rare;
Au physique, au moral, en un mot, rien de faux.

Sans corset, sans coton, amoureusement faite,
Ma belle était pourtant bien loin d'être parfaite ;
Dieu seul et moi savons qu'elle avait cent défauts :
Gourmande comme un chat, sujette aux nerfs, ja-
[louse
Comme qui ? Pour rimer écrivons : Andalouse.
Le cancan, l'opéra, la galette et le flan
         Faisaient ses plus chères délices.
Résigné, je subis ces fantasques caprices,
Impuissant que j'étais d'en modérer l'élan.
Mais voici les débuts de notre connaissance :
Le prologue fut long, j'y mis de la constance ;
Au pays de Bourgogne elle avait vu le jour,
Et non dans Breda-Street, j'ai hâte de le dire ;
Ce fut un siége en règle, et le parfait amour
Alla son train deux mois. C'était presque un mar-
[tyre,
Quand un soir, au retour d'un dîner à Meudon,
Le Diable nous poussant, ou plutôt Cupidon,
Il advint que... mais chut!... le matin à l'étude
En retard j'arrivai ; pâle et les yeux bistrés,
Hélas! je retombai, — que la chute était rude,
Du ciel de Mahomet sur les papiers timbrés.
Le contrat fait la veille, à Fontenay-les-Roses,
Sans témoins, sans notaire, avait pour toutes clauses
Engagement d'amour et de fidélité,
Et régime absolu de la communauté ;
Il portait long baiser pour toute signature.
Sur la machine ronde, hélas! où rien ne dure,
Le bonheur nous semblait devoir être éternel ;

Livrés aux doux transports d'une ardente jeunesse,
Et passant chaque jour de caresse en caresse,
Sans nuages, longtemps, nous vîmes notre ciel;
Mais le pire destin est aux plus belles choses,
Malherbe l'enseignait trois siècles avant moi;
Nous nous sommes brouillés un matin... et pour-
                                        [quoi?
Un rien... les grands effets ont de petites causes.
Le charme se rompit... crac! presque à notre insu,
Et le divorce vint à propos de bott...ine.
Dans nos cœurs de vingt ans l'amour avait vécu
Ce qu'il vit d'ordinaire en la cité latine,
Le temps d'une saison à Mabille ou Bullier.
O poème riant d'un âge qu'on regrette,
Aujourd'hui je te fais un linceul de papier,
Puis un soir, Pierre ou Paul roulant sa cigarette,
Te trouvant par hasard, se servira de toi
Pour l'allumer. — Ainsi finira l'équipée.
Ah! pardon, j'oubliais... un souvenir patent
Délaissé dans un coin... quel souvenir pourtant!
Une bottine veuve et comme elle frippée!

LE VILLAGE DE BEURRE

A mon ami Alfred FAGANDET

Tout près des bords du Doubs, je connais un village
Dans les arbres caché délicieusement;
Au monde il n'est, je crois, plus riant paysage:
Beurre, voilà son nom... nom rustique et charmant.
Nulle part on ne voit les fermes aussi gaies
Montrant leur toit de brique à travers les pruniers,
Plus de fleurs aux rameaux, plus d'oiseaux dans les
                                        [haies,
Lorsque brillent d'avril les rayons printaniers.
Par ses prés embaumés, par ses rochers arides,
J'ai couru, jeune enfant; et des petits bergers
J'ai partagé les jeux, les courses intrépides;
Avec eux j'ai pillé ses splendides vergers.
A la Saint-Jean-d'Été, que j'aime un beau dimanche
Venir revoir ces lieux aux souvenirs si chers :
Pour moi qu'elle a d'attraits, sous le noyer qui
                                        [penche
Notre simple chaumière avec ses pampres verts.
Au détour du chemin, tout ému je m'arrête
Et contemple un instant les rochers d'Arguel
Crénelant l'horizon de leur bleuâtre crête
Et semblent soutenir la coupole du ciel.

Je contemple le Doubs errant dans les prairies,
Ainsi qu'un serpent vert en-zigzag ondulant,
Ou bien, autour de moi, les blanches gypseries,
Notre modeste église au clocher de fer-blanc.
Je contemple surtout du joli *Bout-du-Monde*
La cascade égrénant ses humides saphirs.
Chaque soir, m'a-t-on dit, une fée en son onde
Vient livrer son beau corps aux baisers des zéphirs.
Mais on me sait venir, et ma mère attentive
Vite du buffet tire une nappe où se sent
Une suave odeur d'iris et de lessive,
Et mon père à la cave en sifflottant descend.
Qu'il est bon le dîner dans la faïence peinte
De fantastiques fleurs, d'un oiseau rouge et bleu;
Le vin de Trois-Châtels pétille dans la pinte
Et dans les verres coule ardent comme du feu!
C'est d'abord le pain brun avec son goût d'amende,
Le *bresi* sec et dur qui fait boire à grands coups,
L'omelette d'or plus blonde qu'une allemande,
Et la tranche de lard qui tremble sur les choux!
Fraîche comme son nom, ma cousine Rosette,
Aux vêpres se rendant, vient nous dire bonjour;
Que sa joue est rosée et douce sa causette,
Vraiment elle devient plus belle chaque jour!
De bon cœur rit mon père, et sa gaîté c'est signe
Que ses grands bœufs vont bien et que ses blés sont
[beaux;
Que les foins ont donné, que superbe est la vigne,
Je crois qu'il craint dejà de manquer de tonneaux.
Ma sœur en souriant sur la table dépose

Un immense gâteau, des fraises de Fontain :
Un voisin vient, on trinque, on boit, on rit, on
                                        [cause,
Et le repas s'achève en chantant un refrain !...

LOUIS MAURICE.

Besançon 1865.

EXEGI MONUMENTUM

A mes lecteurs

A l'œuvre, cher lecteur, on juge l'ouvrier ;
Quel sera votre arrêt, je tiens à le connaître.
De rimes sans raison j'ai noirci du papier,
Et tout penaud ici le mot *Fin* va paraître.

Un sonnet sans défaut vaut un poème entier,
Du temple d'Apollon, jadis, dit un grand-prêtre.
Fol espoir, on attend le mien chez l'épicier,
Ma muse bat de l'aile et parle comme un reître.

Joignez à ce grief que votre serviteur
N'a pas mis de préface à sa première page
Où l'on fait au public les trois saluts d'usage.
I
1 a beaucoup péché, pardonnez à l'auteur;
Mais réparons l'oubli: Grand merci du courage
D'avoir lu sans dormir jusqu'au bout cet ouvrage.

FIN

www.ingramcontent.com/pod-product-compliance
Lightning Source LLC
Chambersburg PA
CBHW060804180626
46818CB00002B/696